暮送萊茵河

林斐文／法文原著
林中岳／中文翻譯

自序——關於本書

這是一個真實的故事。這是一個關於人生滄桑、不可預測性和脆弱性的故事；但最重要的是，它關乎勇氣和希望、救贖和人性。

四年來，我承擔了幫助一位非常親密的朋友的責任，他因阿滋海默症進入了他的晚年，他成了「我的病人」。使本來就很困難的情況變得更加複雜，我的老朋友住在萊茵河的西岸（法國一側），與我相反（東岸，德國一側）。因此，法文標題「我的萊茵河外的病人」的英文翻譯是這樣的。

情況超出了我的控制和理解範圍，我走進了未知的領域。然而，我決心克服所有障礙，為他在阿滋海默症患者的專門住所中獲得最好的照護。在這段複雜的旅程中，一開始，我被萊茵河兩岸兩個國家的行政迷宮的負擔所包圍；中間，他的住所三次變更，官僚作風，疏忽大意，甚至冷酷無情。並且，在整個過程中，平衡我作為一個新生男孩的母親的其他責任。

那四年裡，我時常覺得自己是在一條黑暗的隧道中穿行，在失望和煎熬中度過，但最終，在隧道的另一邊，慢慢地出現了曙光。這是一種隱藏在我體內的力量，使我能夠繼續前進。

我想與我的讀者分享這一個個人經歷，以提醒他們，即使在深感悲傷和困惑的時刻，在愛和信仰的支持下，希望和力量也會出現。

目錄

我的病人

一早電話鈴聲響起。我注視著電話好幾秒鐘，一股恐懼不祥之感攫住了我，莫非今天就是這個日子？我的心狂亂地像要跳了出來，當我持起聽筒，一個女性的聲音，生硬而淡漠地宣告：「夫人，這是醫院來電，弗里德海姆．庫倫先生昨晚八時九分病逝，送上我的哀悼。」

我默默地掛上電話。所以，註定要來的一天，終究還是來了……，坦白地說，這通電話我已經等了好幾天。七天之前，他因腦中風而被送進醫院。其實，多年來他早已飽受阿茲海默症的折磨，我已有了自覺，這個通知隨時都有可能到來，我感到深遠無邊的憂傷；然而，我的內心深處卻是風平浪靜。這四年半以來，多少次我為他祈禱，祈求他最終能從這可怕的病痛中解脫。

時間推回二〇一三年：大家叫我瑩瑩，是他最好的朋友，甚至也可能是他唯一的朋友。我和我的丈夫，他是德國人，住在德國，我們有個一歲的小孩。弗里德七十五歲，原籍也是德國。過去三十年他一直住在法國的亞爾薩斯省，他古老的公寓，是一棟建於一八八五年，還保留著當年優雅的布爾喬亞風格的建築。他並不像大部份的德國人一樣魁梧，天藍色的眼睛，尖挺的鼻子，即使到了這年紀仍不失他的魅力。在法國三十年，人們還是一下子就認出他的德意志血統，或是把他誤認為北歐的斯堪地納維亞人。

儘管巨大的年齡差距，我們相處得很好，父親與親子女之間也不過如此。雖然地理上我們隔著一條萊茵河，心靈上我們卻沒有這樣被它分開。跨越萊茵河，坐上法國高鐵 **TGV** 去拜訪「爺爺」，總是我小孩的一樁大事。一座座火車站多麼令人興奮、神往！一節節高速呼嘯而過的列車，都能讓他小小的心靈驚歎不已。

庫倫先生的性格相當嚴肅，不苟言笑，尤其他獨居了那麼久，已經不知道如何表達情意。話雖如此，每當我們定期的來訪，他總是允許我孩子蹦蹦跳跳的特權，甚至當老人家在休息的時候，小孩還在床上四處恣意的翻滾。當我的小孩開始學習爬行，探索公寓的每一個角落，弗里德會用專注的眼神跟隨他，眼神中既包含著某種好奇又滿懷溫柔，我深信他將可以作個真正的好爺爺！他從不過問我們何時再來，但每次他的再見都流露出迫不及待，想要越快越好見到我們的心情。我們家人般的關係，就這樣持續了一段不算短的時間。

然而逐漸地，弗里德越來越常抱怨他的記憶問題：他的銀行卡，他的眼鏡，他的鑰匙⋯，所有那些日常生活的事物，都再也不是在它們通常該放的位置；他驚愕地在街上迷路，走失在自己生活了三十年的城市。當弗里德用略帶幽默、嘲諷的口吻告訴我們發生的事，他的聲調之中卻隱含著幾分憂慮。我的丈夫和我聽聽罷了，也沒有多想，其一，老年人有這類抱怨很正常，另一方面，當時我的時間都完全奉獻給了小孩。有的時候他日夜都需要我，我的精神、心力常常瀕臨極限，以至於根本無法慎重地看待老友告訴我的這些話。

唉，如今我多後悔當初這些無心的疏忽！

隨著時間的進展，鄰居們也向我訴說一些令人不安的消息，弗里德的行為出現了不可思議的改變：他變得疑神疑鬼，煩燥易怒，迴避人們的探問，有的時候甚至強行要求鄰居歸還他的鑰匙或食物。從那時起，他會幾乎整天把自己關在公寓裡，百葉窗緊閉，只有吃飯才會離開他的地盤。夜深人靜時，他又會漫無目地在樓房的公共廊道上遊走。他的相貌也同樣發生極端的改變，他蓄起了鬍鬚——刮鬍對他似乎產生陌生感——蓬頭散髮他根本也毫不在意，連過去一向偏愛的穿著，如西裝、領帶和一頂講究的帽子，他全忘得一乾二淨。現在反而中意一襲破舊的大衣，大衣還缺了幾顆鈕釦扣不好，一套緊身的秋褲及拖鞋。他曾經引以為榮的優雅的外表，都已蕩然無存。隨著時間的推移，唉，很無奈地，鄰居們的抱怨也越積越多！

弗里德變成了不速之客，人們都躲開他，避免跟他說話，不僅沒有幫助他或聆聽他，他們更豎立起一道無法逾越的高牆，將他完全排除在外。得知一位你關愛的人，淪落到此種地步，令人心疼，但更令人心痛的是目睹他被生活了三十年的鄰居所排斥，而這些鄰居他們都曾過從甚密，也特別珍視他們之間的交誼，更在一切之上的，他還把他們視作基督教社會高尚的信徒！

弗里德因此度過了一段混亂不堪的時期，逐漸地喪失了表達自己想法的能力，鄰居們的表情和冰冷的目光更令他抑鬱，他越來越自我孤立；最後他把自己深鎖在自己的碉堡裡，尋求庇護，躲避外面充滿敵意的世界。這個時候他應該已經很清楚地意識到自己患了這種被詛咒的病，但他卻從來沒向我們傾吐，而是選擇把這個可怕的秘密留給自己；他已下定決心，自己來打這場殘酷無情的戰爭。

多少次我責備我自己，怎麼會忽略了所有的這些徵候呢？但我是在萊茵河的彼岸，忙碌著照顧我稚齡的兒子。

我的朋友絕對不想讓我擔憂，因為他知道我剛開始了一個嶄新的人生，丈夫和小孩，這一切都是我一直夢寐以求的。我們每天以電話交談，但在談話過程中，弗里德從未向我宣洩他的困難，而總是為了讓我放心，一再地用他平靜的聲音向我擔保「什麼事也沒有，都是老樣子」。

他當然覺察到疾病在身上的擴張，這讓他沮喪，但還不至於令他絕望。他小心翼翼地寫下所有醫院和鄰居的電話號碼，餐聽及銀行的名稱和地址（我是後來才發現的—紙張、便條，幾乎無法辨認的數字、支離破碎的句子，不知所云，全是顫抖的手寫下的）。有一天他把一幅巨大的歐洲地圖掛在自己房間的牆上，我嘲諷了他一下：「幹嘛呀，你又不是學生了，為什麼要地圖？」他似乎在開玩笑：「喔，只是想瞭解一下歐洲國家都在哪裡？」那天我們甚至還有許多歡笑！但實際上這一點都不是個玩笑，他正一步步遺忘所有這些國家的國名以及它們的位置⋯，他相信僅僅憑藉著意志的力量，他就能夠獨力擊敗這個疾病，他千真萬確地深信不疑！

因此他慢慢地走失在自己的迷宮之中，尋覓著出路，卻往往徒勞無功。如果我早知道的話，或許我們就能夠阻止或延緩一點這個疾病，如果不是我幼小的孩子的話，如果我在他身旁停留的時間久一點的話⋯，有太多的「如果」在我的腦海中！雖然我陷在矛盾的痛苦中，卻比任何時候都還更堅強，再也沒有什麼能夠阻攔我來幫助他。

在我們最後幾通的電話交談中，有一次他語氣非常激動、狂躁地對我說：「我再也無法上×××（他最喜歡的餐廳）吃飯了，因為廚師死了。」面對我震驚的反應，他繼續用無比苦惱的聲音說：「餐廳裡每個人都把錢往空中抛，沒有人要。」然後我反駁他「你沒有像其他人一樣做嗎？」弗里德回答：「當然沒有。」但他的聲音再也沒有那麼確定了。自從那次對話以後，我感到他的病情已經無可避免地更加惡化了；事實上那家餐廳依然還大門敞開，廚師也活得好好的！

從那時候起，我們的電話交談縮短了，他的答覆減少到僅僅一個「是」或「否」，弗里德變得越來越沈默，越來越遙遠；蒼天啊！我來不及跨進他的大門，他的碉堡就快要封閉了。

隨著時間過去，鄰居們開始認定他是危險的，不可捉摸的人物，他們畏懼他隨時都有可能「訴諸行動」闖下什麼不可收拾的大禍。最後，他們正式提出要求，要我把他弄出這棟公寓，而且越快越好。

因此他慢慢地走失在自己的
迷宮之中，尋覓著出路。

接回萊茵河的彼岸

就這樣，弗里德把自己囚禁在公寓裡，一關就是好幾個星期。我依然清晰地記得那個美麗、晴朗的十月的某一天，我坐上TGV列車奔赴阿爾薩斯省古老的城市、街道和公寓。帶著一個特殊的任務：要把弗里德送進醫院。

當我來到他的公寓，我必須自己開門，他並沒有如同往常一樣在門口迎接我，用他俊朗的笑容和閃亮的笑眼為我開門，發自內心地迎接我的出現，上前給我一個擁吻禮，表達他的喜悅！我們之間相見重聚的溫馨場景已不復存在！公寓裡面很暗，遮光的窗板都緊緊合攏，白天與黑夜對他已不再有任何區別，有一股強烈的臭味，大概是缺乏新鮮的空氣？究竟他忽視最基本的個人衛生有多久了？他躺在床上，手上有一本書，裝作看書的樣子（弗里德鍾愛書籍！）我在他身旁坐下，他露出微笑，放下書，然後慢慢地問我：「妳的小可愛還好吧？」他的臉顯出倦容，表情凝滯，儘管他表現出一付高興見到我的樣子，在這付自我控制的面具背後，弗里德隱藏著他的恐懼和迷亂，更加深了我的悲傷。這場搏鬥令他疲憊不堪，每個經歷都是折磨，孤獨的騎士正走向征戰的盡頭。他精疲力竭，放下了他的武器，注視著地平線上西沉的夕陽，沒有創傷，只有怪獸似的濃霧，日日夜夜籠罩著他；生命對他越來越難以理解了。

我們寒暄幾句話之後，我趁他心情明顯地好轉了，提議坐計程車到市區兜風，這個主意令他很開心，但是有一個條件：「只有妳陪我才要去！」我答應他，裝出很雀躍的聲調，事實上，他似乎真的很期待能夠走出他的避難所。至於我，我的心在淌血，因為我太明白這趟星期天的出行，將會以什麼樣的結局收場。

我的病人在車裡表現出能和我在一起的短暫的歡欣，他輕輕地拍著我的手，嘴裡說著：「這真好！」我多麼希望我們的目的地是其他地方，時間能永遠地停留在這一時刻。

計程車把我們載到醫院，直接就停在急診室門前，儘管提示的標誌寫得斗大，他也完全沒有認出這個地方的性質，甚至還提議就在這裡喝個茶。（當然是伯爵茶，他的最愛！）

我向護士解釋弗里德的病情，他們立刻把他帶進檢查室，經過好幾

個小時的等待之後，醫師給出了慘重的判決。無論在任何情況之下，
庫倫先生不得單獨一人而無人監護，我最後了解到的診斷是這樣的：

——認知功能退化
——小腦症候群，日常生活無法自理
——認知／行為障礙
——精神錯亂
——困惑，焦躁易怒，缺乏協調
——重度期老年癡呆症候群
——阿茲海默症及相關的精神／行為障礙

然後最根本的問題緊接而來，考慮到弗里德沒有任何親屬，誰來照顧他？國家嗎？靠近他的人嗎？醫生告誡我：「好好地深思熟慮你要採取的下一步，你的下一步不只將會決定你的未來，還會決定另一個個體的未來！」

命運召喚我來照顧他，同時這也是我的意願。再者，弗里德長久以來就曾希望只要德國那邊的養老院有空位可得的話，他也想搬回德國，離我們近一點。感謝這位醫師的好心，他給了我一段彈性的，但還是不很寬裕的期限，我開始在萊茵河的彼岸尋找合適的安養之家。

我幾乎等不及跨越國界（萊茵河），義無反顧地投身於這場艱鉅的任務之中──在萊茵河的對岸，為弗里德找到一處有空房位的安養院。這對我是何等困難的時刻，把他一個人留在醫院，但我一歲大的小孩還在萊茵河的另一邊等著我！我仍然很清楚地記得那一天：急診室裡房間很暗，弗里德坐在床上，已被發生在他身上種種的事搞得有點精疲力竭，他看起來很憂鬱，他問我：「我在這裡做什麼？」「我什麼時候可以回家？」

我對他承諾很快就回來，然後我們就可以一起回家。他沉默了一下，眼睛裡閃爍著懷疑的眼神，但他仍一如既往的信任了我，最終……我還是背叛了他，因為他再也沒有回家，永遠都沒有！

接下來的過程一點兒也不尋常！弗里德是法國公民，保險在法國，要如何終結法國的保險合約，使其在德國又可以被銜接、接納呢？這個答案對於政府官員而言或許很明顯，但對於像我這樣只是一個母親的人，又面臨了緊迫的時間期限，實在是個莫大的挑戰。很多時候甚至連萊茵河此岸與彼岸兩邊的公務機關自己都被難倒了，不知該如何給我確切的管道辦下去。他們之中甚至有人到頭來向我建議，就別把他放到另一個國家嘛，這樣「事情不就簡化了？」

沒想到，我的兒子在那個時期居然扮演了一個不可忽視的角色。無論在火車上，在醫院裡，或是在為數眾多的行政單位辦公室的會面晤談之中，他始終是我最忠實的伴侶。天助我也，當時只有一歲半，我的兒子卻與我合作無間，有時沉睡，有時甦醒，在他的娃娃車裡—和平的避風港—保護著他免受外界狂風暴雨的侵襲。在多數的會面中，他都處於睡眠的狀態，允許我從容地和別人進行談話；每當我查察覺娃娃車一有動靜，即便是最輕微的搖晃，我趕緊加速與行政文書之間的對話，因為他有可能很快就會醒來。有時談話拖得太長，許多行政處室甚至讓他在辦公區裡四處的爬來爬去。

即使如此，自己既是小孩身旁慈愛的母親，但同時又是身負使命，鍥而不捨的鬥士，這些時刻對我來說都是萬分緊張，壓力至極的考驗！

第一所安養之家

這趟探險對他身心的負荷與要求，就像帶給我的一樣多，雖然他已經變成另外一個人，一個不是我曾經認識的人，我對他的情誼依舊沒有改變。但—他那一頭又如何呢？他必定是極端地困惑，游走在茫然的心態之下，混淆在現實與幻想之間，還在不停息地戰鬥。

在我離開醫院之前，醫師祝福我，但願展望美好，不過他還是警告了我，弗里德健康的惡化，已經無藥可救了。

退休之家【La maison de retraite】在德文裡是"Heim"：德文字面上表明了「在他的家」的含義，這應該夠暖心了吧！清爽沉靜的房間，照著微明的燈光，特別適合上了年紀的人。一張單人牀，床頭櫃有兩個抽屜，和一間非常潔淨的衛浴。法式落地窗帶進了歡樂的星火，花園的景色和玲瓏的池塘盡收眼簾。

從我眼中的畫面看出去，我想起了他的公寓：優美的古董傢俱，昔日的水晶吊燈，富麗的伊斯法罕地毯⋯，所有這些物件都是他職業生涯所到之處蒐集來的，德黑蘭、莫斯科、赫爾辛基、巴黎、漢堡、法蘭克福⋯，但這些人生的紀念品又有什麼用呢？假如一個人的過去全然被抹去！

他的伊朗之旅是他與東方的第一次接觸：在穆罕默德國王執政時期，當時他三十歲，一家法蘭克福的化學製藥協會派遣他到德黑蘭創立分部，他擁有一整支能幹、稱職的團隊供他指揮，結果，他派駐伊朗的兩年可說是他輝煌事業的開端。

我們回到現在：他住進的退休之家是專門用來接收罹患了重度阿茲海默或帕金森氏症病人的安養院。這是個令他驚奇的地方，我還記得好清楚，我們到的那一天，他坐在他的床上很長的時間，一次次觸摸著床單，審視著這個房間：「這裡是豪華的旅館。」「我住在附近，可以每天來看你。」我用輕快的聲音說。老人從不想牴觸我，但是用一種充滿懷疑的神情看著我，嘴唇發出很小的一聲，死氣沉沉的「是」。

突然間，他站了起來，抓住我的手離開房間，沿著走廊一直走，直到撞上盡頭一道緊閉的門，他使勁轉了門把好幾次，卻一點兒用也沒有，他立刻轉身朝走廊的另一端走去，到了那邊同樣的事又發生了，然後他領悟了，實際上，他被「禁閉」了，他的沉默足以窒息我！

一個全新的生活開始了，他必須適應團體生活，這是他從不欣賞的。大家在同一時間一起用餐，由工作人員來服侍，分組來做娛興和勞作，弗里德表現出並不合作的態度，置身於群體之外；經常像安裝在一張大沙發椅上的傀儡，手指機械式地拍擊著沙發的扶手，目光凝然不動。所有長時間的沉思、冥想，他是在思考著自己的命運？還是他在表達內心的反對？

「遊廊漫步」變成他作息必不可少的儀式，這話聽起來詩情畫意，但實際上卻是極富悲劇性的一幕：他會踱著小步，一直踏到走廊的盡頭一扇緊閉的門之前，然後轉身又朝相反的方向走回去，一天到晚，他會重覆這一路徑，不知倦怠。他從未喪失希望，不斷繼續地走，直到他的鞋襪都磨出破洞。然後，他精疲力竭地坐在沙發上，喘著氣，為下一次的征途再重整旗鼓。

最初，他會拉著我的手，掐得緊緊地走這趟路，小聲問我：「我們到家了嗎？」我的心碎裂了，我從來無法給他一個答案，假如我可以算出他在這間屋子裡成就的公里數，我們將會得出一個難以置信的天文數字！

被迫離開自己的家，而生活在這樣的地方，他必然有所怨尤，難以釋懷。我深深地理解他、同情他，因此之故，我試著盡可能地經常去看他，帶給他一張熟悉的臉孔，和最起碼的人性底溫暖。

弗里德還是意識到他處在一個奇怪的地方，被一群不太正常的同伴圍繞著。有的口中唸唸有辭，卻無人能聽懂，有的椎心的悲泣，有的憤怒地獨白，有的在呻吟哀嚎，有的時候他還免不了要遭受來自那些尋覓著他們家人的病患底干擾。

住在這裡的人精神都已相當混亂，經常他們無法辨認自己的房間，儘管名牌就標示在房門上，這就產生了很滑稽的情況：有些人會睡在其他人的房間，反之亦然。好幾次我花了很長的時間，在安養院的走廊上，前後左右到處奔走，尋找弗里德。我還記得當我第一次發現一個老太婆睡在他床上時，我的驚慌！我上氣不接下氣衝到看護那裡，他們叫我鎮定下來，然後平靜的回應：「就讓老太婆睡嘛，她又不會傷害人。」啊！我上了很好的一課！我們必須捐棄視若圭臬的觀念，「擁有」這種字眼在這裡並不扮演任何角色。因此，弗里德可能會穿著別人的拖鞋，而又有其他人會穿上我的病人的夾克，到了末了，這樣一開始令人驚駭的情況，甚至出現了荒腔走板的反轉，變成了趣味橫生的鬧劇。

在走廊上，你總會和不跟你交換一語的病人相遇，他們的臉看上去不見得悲傷，但很堅決。他們也一樣，踩著小步，蹣跚地前進，像平靜的示威者，都渴望著回家。

這個「家」的氣氛有時非常陰沉，病人們一整天就坐在桌旁，既沒有可以說話的人，也沒有聽他們說話的人。某種德國的民謠音樂開得很大聲，歡欣鼓舞的，掩蓋了一切嘈雜的或是嗚咽的聲音，我多麼想假如弗里德能在某個其他的地方，但是他遭到自身疾病的譴責，只能無止盡的留在那裡。

他的病很快就達到了為弗里德贏得護理人員幫他梳理、洗浴和穿衣的「特權」的地步，但過了幾個月，看護開始向我抱怨，起先還是用打趣的口吻：庫倫先生真是刁難的病人，為他更衣、洗澡簡直就像「打仗」，他走得太多，從不待在床上等等。

弗里德完全不同於其他病人，這是事實。他堅持不懈地想要回家，這樣的事還發生過，好幾次他居然有辦法走出大門。有一天，經過幾個小時的搜尋，工作人員發現他睡在鄰近花園的玫瑰叢中，臉上滿是玫瑰花刺的刮痕。還有一次，當他迷途在繁忙的道路附近之時，被警察找到。

有一天天氣不錯，我趁著我兒子在娃娃車裡熟睡之際跑去看他，他房門上的紅燈剛好亮著，這就表明看護正在料理他的個人衛生，我在門外靜候。突然一個女人沙啞的聲音咆哮著：「看著鏡子好不好？像這樣刷牙，但你就是不會，你呀！」被如此乖戾的口氣所驚愕，我試著從沒有緊閉的門縫中偷看了一眼，看護使勁壓著弗里德的頭，用力地讓他面朝向水槽：「你就該這樣漱口，照做一遍！」她用那權威命令的語調說。我趕快悄悄地退後，免得讓她瞧見我，目睹了這一幕之後，我的心狂跳不已。我依然能夠聽到他們之間交換的每一個字，每一個動作。我的內心掀起了悲愴的狂瀾，因為我們無法預知一位生病的老人，到了什麼節點，他的心智也會跟著削弱？同時，看護人員也完全背叛了我對他們的信任。到底是什麼「家」讓我踏了進來？自從那次事件之後，我就再也沒有心靈寧靜的時刻，唯一能讓我自己安心的方法，只有更頻繁地去看望他。

醫師所開的藥方有一種奇特的效果：很短的時間內，他的身體和四肢變得僵硬無比，以至自己起床或是從沙發起身都成了對他的挑戰；結果他就動的更少，這正是看護人員所想要的。不幸的是，我們只到後來才明瞭這是某種醫師與工作人員之間串通的陰謀，那時，弗里德眼神中表現的溫柔蕩然無存，他的五官改變了，除了懷疑或者恐懼，他的臉再也無法反映出任何其他的表情，與此同時，他還喪失了自我表達的能力，他的字彙減少到僅有「是，否，餓，渴」。

這種情況對我是純然的折磨，深陷在渴望著陪他久一點，了解他到底發生了什麼，和必須照顧我兒子的兩難之間，我不知要如何取捨才好？哎，要是有更多的時間就好了！我的心思一直縈繞著他，他是如何度過漫長又孤獨的日子，周圍盡是心神錯亂的人，他不明白為什麼他會在那裡，我究竟做出了正確的抉擇嗎？

時光飛逝，我的兒子將近兩歲半了，看著他長大真是莫大的喜樂，他急切地想要探索世界，而安養院便成了他理想的場地。我留下一些玩具在「歐爸」──德文爺爺──的房間，每一次探訪他都會取出他的寶藏，一箱子的樂高、小玩具車、拼圖遊戲。他玩著小車開遍房間各處，歐爸往往閉著眼睛，卻留意著嘈雜的聲響，車子的嗡嗡聲令他會心一笑。走廊則變成了我稚子的足球場，他樂此不疲地追逐著他的球。歐爸坐在沙發上，跟蹤著，生動活潑的演出，但當球正好滾到他的腳下，弗里德會朝我的兒子輕輕踢回一記球，這來自另一方球隊的回應，往往令小孩子欣喜若狂。

我兒子很快就發現了花園後面的池塘，這成了他的第一個湖泊！對他這個年紀的小男孩，這著實是個令人神往的世界：飛舞的青蜓，在荷葉間玩著捉迷藏的青蛙，在水中穿梭的小魚⋯，但他最興奮的是去花園深處餵關在籠子裡的小白兔，我們每次都會把歐爸安置在一處視野良好的觀眾席，每當我兒子一出現在地平線，幾隻小白兔馬上朝他跳躍而來；這樣的歡迎令他開心之至，他從口袋掏出一些小紅蘿蔔梗，吝惜地分給牠們，不然糧食配給不久就會消耗殆盡！但令人遺憾，當冬天的腳步漸漸地靠近，我兒子驚訝地發現兔籠都空了，這原因未免過於明顯，因此我們毋需探究太深，就能找到答案。

輪椅的坡道也同樣令我的兒子感覺新奇著迷，有時他把坡道當成溜滑梯，（小屁股在地上），有時他扔進他的小玩具車，小車子從上俯衝迴轉而下，一如賽車跑道。在這樣的時刻，我的孩子成了安養之家醒目突出的人物，讓我們就這麼說吧，只要有他的出現就有娛樂，所有的房客都溫暖地歡迎著他，我們往往都以聚在茶室裡，與大家共享蛋糕來結束我們的到訪。

那是當時生活歡笑的一面，即使在歐爸和我兒子之間並沒有直接的溝通，我們的出現在他眼中閃耀出溫柔，某種安詳的情境籠罩著他，對我而言，這是快樂的時刻。然而—我做對了嗎？把他送到安養院？我多麼想要親自照顧他！這個痛苦的抉擇持續不斷地折磨著我。

醫院

二〇一四年冬天，我不得不返回亞洲的家鄉，由於父親病重住院，他的心臟隨時都可能棄他而去；漫長的冬天，我煎熬在割裂的情結之中，一方面痛悼我的父親，一方面無止盡地憂慮著我的病人—他孤伶伶地被丟下，我自身連任何探視都沒有！誰來監督這些看護？誰又能來與他獨白？

要等到二〇一五年的春天我才重返歐洲。再去看我的病人比什麼都優先，我兒子也等不及要回去找他的遊戲，和拜訪他池塘邊的朋友。我們匆匆忙忙趕去安養院，在接待處，出現了一個新面孔：「你說，庫倫先生？」這位女接待投給我懷疑的眼光，顯然針對我東方的相貌，一個她尚不習慣的臉孔。

她查詢某種工作日誌，上面涵蓋了一份所有房客的名單，她的臉顯得很不耐煩，登記簿翻前又翻後⋯，「你到哪了？」「妳是他的家人嗎？」這麼多的盤問！我不得不將聲調提高一點：「不就是×××號房？」這位婦人離開座位去詢問其他人，最後主管出現了，他先問候我，然後平靜地說：「夫人，庫倫先生兩個禮拜前被送去了醫院。」我大吃一驚：「為什麼？他出了什麼意外嗎？」他的解釋倒像是推托閃避之辭：「不，不！鎮定一下，庫倫先生並沒有意外，只不過是他整夜在走廊上漫步，製造噪音，騷擾了其他病人，他不容易應付，你是知道的，靜不下來，不肯合作……。」但這就是把他送進醫院的充份理由嗎？

一心想要再看見他的意願催促著我，我毫不躭擱地離開，趕往醫院的方向。我丈夫必須把我們的兒子帶回家，因為這位主管事先指出，小孩並不允許去那科室探病。這所公立醫院是城裡最重要的醫院，在詢問處，我被告知弗里德是在精神病區。「為什麼在精神病區？」那是整座醫院最慘淡、陰森的地方，我必須穿過一道幾乎已被遺棄的長廊，通到建築物的背後，然後坐上電梯到四樓，入口的門重重深鎖，儘管門上窗格加厚的玻璃，我在門外仍然能聽到裡面傳出的尖叫、哭喊和怒嚎。我對我的病人的憂慮達到了頂點。我按牆上的門鈴，一位護士面無表情的為我開門，回答了一些例行公事的問題之後，她把我丟下，任由我一個人留在那裡，無助地獨自尋找弗里德。在走廊上，我遇到漫無目地遊走的病人，他們想要觸摸我，有些人坐在地上，嘴裡唸唸有辭，還有的一再捶打著門，喊叫著、呻吟著⋯⋯，一幅啓示錄裡活生生的煉獄的景象！

而我，仍然在尋找我的病人；在一個黑暗的角落，我探查到一個側影，套上「鐐銬」般，固定在一座巨大的木椅上，立刻令我聯想到中世紀的宗教審判。這種椅子專門用來作為嚴厲懲罰的刑具，椅子非常重，囚犯根本沒有移動的可能，也不給他們食物或飲水，直到他們喪失性命。

當那黑暗的輪廓開始移動，我小心翼翼地接近那個人，摸索著，我屏息著，最後，我認出了那張臉。「噢！我的天呀，這是我的病人，他就是弗里德！」他對我的現身並無反應，他持續冥頑地企圖掙脫椅子的束縛，他的雙腳或雙臂用力推扯，但是毫無作用，椅子根本不為所動。

我跑向他：「是我，我回來了！」他努力地把頭抬起來，注視著我，他的前額汗流成渠，多少小時，多少日子，他一直不停地嘗試著爭回自己的自由？他的目光同時既是恐懼又有哀憐。他發出突兀地吶喊聲，要我幫他脫離這張可怕的椅子，多麼淒慘的一幕啊！在與醫師們面談了幾個小時以後，事情得以明朗，根據安養院的報告，庫倫先生是危險和暴力份子，一個樣樣砸碎的人⋯，天大的謊言，簡直令人難以容忍！我可憐的病人，成了那間機構玩弄把戲的受害者，那裡的工作人員，一心只想把他攆走！

我反抗了，我推翻了他們的說法，還要求查看體檢的結果。經過核實之後，醫師們論定庫倫先生的緊張與擾動是他的牙齒引起的，看護把他的牙齒通通拔光，他們的手法是那麼的拙劣，他嘴裡的傷口都還歷歷可見。

最終，為了等他牙齦傷口的癒合，弗里德還是得在這精神科的環境停留漫長的一個半月，浸淫在這種氛圍中，他的精神逐漸削弱了，他回家的決心磨滅了。我永遠無法忘記他說的最後一句話：「這地方不友好！」還是永遠的弗里德，說起話來含蓄克制，之後他的聲音永遠地消逝了。醫院裡的社工督促我去找一家新的安養院。

第二所安養之家　松嫩堡

這家新安養院的名稱令人安心：松嫩堡，「陽光山脈」之義，房子座落在一片大好森林的邊緣，地點非常優美宜人。我喜出望外！那兒有我許多希望的投影，日日探訪，好讓弗里德能夠汲取森林新鮮的空氣，甚至也是給我兒子逃逸到大自然之中的好去處。我打給行政部門，在電話中就定下了會晤的時間，想到他可以在一所美好的家園安頓下來，連煩瑣的文書準備工作對我都變成一件愉快的事。

搬家定在一個下午，我的兒子十分興奮的跟我們作伴，在他心中，歐爸「他的家」離我們很近是個很棒的主意。在路途上，我再一次向我的病人解釋作此改變的理由，他明瞭一切，是這樣嗎？除了姿勢、觸摸以及像演啞劇一樣的表情動作外，我們之間不再有任何對話，他柔和的目光，再一次向我確認了，他信任我。

車子停在一座莊園前面，偌大的入口傳遞出建築物的重要性。令人驚訝的是，儘管有約，車道上卻空無一人，而接待處也詭異地冰冷，我的兒子很快就領悟我們要找人，卻無人可尋！因此我兒子未發一語，就開始用他的小步全速奔跑，找遍每個角落，辦公室門的後面，屈身到桌子底下，進到洗手間裡，對他，這情況相當好玩，一個玩捉迷藏的理想場地。在底層、在二樓或三樓，我們無法在任何一處找到任何一個人，一種不好的預感，一個極端的恐懼壓制了我，他們忘記了我們的約定嗎？

我的病人開始不耐煩了，他用無人能懂的字句抗議，搖晃他的輪椅，我得握住他的手讓他平靜下來。最後，在四樓廚房的角落，有個正在吃零嘴的打掃清潔的女工。房間的燈光很幽暗，跟這家機構的名字真是強烈的對比！這名女子不是德國人，不懂我們在說什麼，但她努力嘗試著獲取訊息。等了很久以後，一名男看護出現了，他快速地翻閱著資料⋯⋯，「噢，庫倫先生。」他找到他的名字！我的心輕鬆了一些，無論如何，他們並沒有遺忘這個病人！在一絲不苟地審閱了他的文件以後「是的！」他說：「先生，可以有個房間，在走廊的盡頭。」

合約剛一簽妥時，他看起來沾沾自喜：「夫人，你還須要再簽更多的文件。」喔！好像他忽略了老人家急需休息，我冷冰冰地回他：「等會兒再說，庫倫先生在他房間安置好了以後我就來簽。」「好！」他聳聳肩地回答，他的要求所以並沒多緊急嘛！當我推著輪椅穿過通往他房間的長廊，一股非常奇怪的情緒擄獲了我，一路尾隨我，這暗澹的燈光，這壓抑的靜默？那些病人在用餐早就結束之後，卻依然坐在桌旁，他們的頭低垂著，如同深陷在某種睡眠狀態中，這是他們的不治之症導致的，還是工作人員的疏失所造成的？

終於，弗里德能夠脫離輪椅，舒服地讓自己坐上房間裡的沙發，我立刻把他的東西放進衣櫥。自從離開他的公寓，兩只皮箱，一藍一黑，裝著他的衣服和必需品，就是他僅有的財產。當一個人不再擁有過去，屬於他個人的事物，也會同時化為烏有。當我把他的物品從行李箱取出，放進抽屜，他的眼睛跟隨著我的每一個動作，而我同時也一直在講話，表現出濃厚的興趣，描述我正在做的每一件事。一道淺淺的微笑浮現在他的嘴角，那是我們心照不宣的和諧時刻，也是給予我心深處的安慰。

我的兒子拉扯我的衣角，向我提醒是該回家的時間了，以一個兩歲的小男孩他算是很有耐心，但此刻也達到了極限，再多的捉迷藏遊戲也不再引起他的興趣。我緊接著陪伴弗里德到餐廳，吃飯時有人為他服務。弗里德那天晚上很高興我也在場，他的眼睛閃著光輝，他握住我的手，流露出心滿意足的神情。一位年輕女子來到我們這裡，客客氣氣地要我填寫他飲食需要關注的事項。弗里德酷愛美食，他最心怡的飲料是伯爵茶加香柑，但自從他住進了安養院，他喝的是稀釋的咖啡歐蕾，而麥片糊也經常出現在菜單上。一開始他還會抱怨餐點的品質，然而隨著時間的過去，他喪失了味覺，而飲食對他也不再是重點了。為了取悅行政部門，上面有什麼看似適合他的，我就選什麼。

我的兒子又再一次用力拉我的手，現在真的是說再見的時候了！我立即感到弗里德的緊張，他發現自己身處在一個陌生的地方，再一次孤單一人。我告訴他可以讓他安心的話，「我明天上午會早一點來看你，我住的離這裡並不遠。」弗里德早已變成就像一個脆弱的小男孩，需要關愛與保護的信號，因為他已失去了人之所以為人的首要資產——那就是記憶，那就是話語。當他一領悟到我將離開，不把他帶走，許多疑問即刻出現在他的臉上，不信任，憂鬱……，必須把他一個人留在這間安養院裡，令我痛苦萬分，但我不得已，我沒有選擇。

這個夜晚，在經歷了疲憊但總算還令人滿意的一天，當我終於想講個童話故事哄我兒子睡覺的時候，突然電話響了，是安養院打來的！還是主任本人，他的聲音在線路的那一端是如此的焦慮，以致我都惶恐什麼最壞的事發生了，是跌了一跤？身體突感不適？不，不是，然而他堅持要當天晚上見我，拒絕在電話中解釋，我只好連忙趕去，留下我的丈夫來充當保姆。

主任親自在入口大門處等我，（終於這麼一次，這裡有人了！）一位儀表體面的紳士，衣著講究，他自我介紹曾任醫院醫師，現在負責這家安養院；握了我的手，然後他引導我到他的辦公室，我默默地跟著，千百個疑問不停地折磨著我。「夫人，庫倫先生不能住在這裡。」他的措辭讓我全身不寒而顫，他有一種嚴肅的，但又鐵了心腸的聲音；這個突如其來的打擊，讓我差點心神崩潰，「為什麼會這樣呢？」「容我這麼說吧，先生走動太多，這會打擾其他的病人，所以我不能留他在這裡。」「多荒謬啊！」我立刻反駁：「這裡不就是專門收容罹患阿茲海默症病人的地方，何況，我們都已經簽了合約。」他的神情有些尷尬，但還是堅持：「夫人，這是個錯誤，我很抱歉，但他必須明天早上就離開，不用耽心，我將會為你找好交通工具，抱歉！」主任既然都已經堅持到如此程度，無論任何情況我也絕不再寄望把我的病人留在這樣一個不歡迎他，而又敵視他的地方。啊！什麼墜落高樓的天旋地轉呵！

但在回家之前，我的心昭告我有必要再去看他！我急忙地衝向他的房間，穿過一條漫長的走廊，如此的黑暗。（據我所知，晦暗不明的燈光，是院內節約措施的一部份！）

當我回到他的房間，呈現在我眼前的是怎樣的一幕景象！我的病人被醫用防護帶綁得動彈不得，兩腿分開，雙臂向上撐開。他們對他做了什麼？看見我的到來，他試圖起身，但都白費氣力，他不明白他自己的身體究竟發生了什麼事？他的長褲浸濕了——是汗還是尿？當他被這樣的醫護手段癱瘓在床，看護的出現就能夠減少到最大限度。太殘酷的策略！走廊永遠是如此空蕩！如此漆黑！我尋求協助，卻不見一個人影，弗里德的目光是忿怒的、驚恐的，似乎還傳遞著某種譴責。在那個時刻，話語被直覺取代，臉孔、眼睛如同字句一樣地清晰，表達出他的氣憤、冤屈和蒼涼。

是憤慨！是一團怒火，而非悲傷，從我心中昇起，我用堅定的聲音告訴他：「明天我們就回家。」但他還是必須被遺棄在這個惡魔般的地方，多過一夜，我實在無從選擇。

第二天，一大清早，我把兒子留在托兒所，重新開始新的搬遷旅程。一輛救護車停靠在安養之「家」的大門前，但就像之前一樣，視線所及也沒有看護的影子，我的心跳得很快，我感到愧疚。這一夜他是怎麼過的？

看護已經把弗里德安置在他房間外面的沙發椅上，他的輪椅在他旁邊，仍然沒有一個人在那裡！當我看到他坐了起來，我的內心如釋重負，他還活著！我裝出興高采烈的聲調跟他打招呼：「日安，都好吧？我們要走了！」但他的臉依然凍僵似的，毫無表情，他凝視著什麼，當我靠近他，正要幫他坐上輪椅的時候，他使盡全力抗爭，不讓我碰觸他，他沒有認出我，把我當成惡毒的看護，我對他喊叫：「是我，我是來幫你遠離這裡！」「沒錯，人永遠必須要跟生活搏鬥。」這個人生的反饋，他經常對我講起。弗里德出生在戰後的德國，悲慘和凶險當道，他不允許自己因外在的狀況而絕望。為了生存，十六歲的時候，他隻身前往倫敦，在一家歷史悠久的書店工作，賺的錢也足夠他同時去求學。弗里德爾後享有了非比尋常而又輝煌的職業生涯，但他怎麼也沒料到，在如此的高齡，如此的健康狀態下，他還必須再戰鬥一次。

當我把輪椅推向救護車的時候，老人又再次變回明理的小孩，發出不順耳的聲音，像在表明他的默許。無論我帶他到何處，他都會跟隨我，他是我的病人！

只有怪獸似的濃霧，日夜籠罩著他。

紅十字會

第三家安養院見證了既是他病情惡化的開端，也是我的故事的結局。這所機構屬於紅十字會，它的地點遠離城市，在四〇〇米高青蔥的山嶺之上，四週圍繞著一片橡樹林，你呼吸著新鮮的空氣和安寧的氣息，給住這裡療養的人一個世外桃源。然而，要到那裡，我得先坐五十分鐘的地鐵，然後再爬十五分鐘的山路。每一次當我開始這小小的爬坡，我都被巨大的不安和緊張侵擾著，「弗里德今天醒來安好嗎？」「他梳洗好了嗎？衣服穿好了嗎？和看護好好配合嗎？」然後還有另一層憂慮，那就是「我有沒有足夠的時間，趕回托兒所接我的孩子？」這些想法在我的腦海裏翻來覆去，迴旋不已！

平心而論，弗里德對看護的抗拒並未減低，而是他的體力大大地出賣了他，即使看護們有的時候委婉地抱怨他的蠻橫，他們仍然有辦法用溫柔地強迫，使他「就範」。

我的病人弗里德，在萊茵河的彼岸，已經遭遇了兩次災難性的經驗，因而我不再天真地信任這些慈善機構了——我已經收獲了我的成熟！從最初的時刻起，我就表現得像位經驗豐富、行事謹慎的偵探，為了完成一個迫切的任務而必須滲透到一個封閉的、警戒森嚴，但隨時都可能爆發醜聞的環境。然而很快地，看護們最細微的姿勢或笑容驅散了我所有的疑慮。不，不會吧！上帝賜與了悲憫，這一次弗里德登臨在一處美好的家園！

這個地方的一大財富是包含了為阿茲海默症深化期的病人設計的，圓周環狀走廊，受它邀約而上路的病人，當他們一路走完的時候，又會自動回到出發點，所以也就不會像卡在了一扇可惡的門前，或是一條死巷底那般有挫折感。別忘了還有那小花園——這座房子的珠玉——不是很大，駐紮著一株蘋果樹，為庭院增添了美麗的容貌，天氣炎熱時，又提供了陰涼的樹蔭。在它的樹枝上，吊著各形各色，不同質料的風鈴，每當一陣風吹來時，風鈴的「叮-噹」聲，此起彼落地奏響，是那麼的輕脆悅耳；小鳥棲息在樹梢，它們的啁啾聲為花園獻上了明朗的生機。

在住下來的開始，我的病人喜歡坐在花園的涼椅上，享受著陽光的恩惠，同時呼吸著大自然的脈動，也因此逃離了壓抑的死寂、靜默，我留存了一段美好的逸事，當作珍貴的回憶：在花園四處栽種的一方方植物叢中，生長著草莓、覆盆子和醋栗，晚春時節，小漿果將花園繪上了美麗、鮮豔的色彩，我們然後就耽溺於一種好玩的遊戲，我會給他看某種莓果，然後發出它名字的音，比如覆盆子、草莓等等。跟著我覆誦，接著我就給他品嘗這粒莓果！重覆最後一個音節的「莓」音，帶給他好多的欣喜，當他享用莓果時，總是泛起真摯的笑容，他的咬字幾乎已經難以理解，然而聽見自己的聲音迴響在空氣中的喜悅，卻是巨大無邊的。

經過時間的驗證，我確信紅十字會的安養之家是我們完美的選擇。首先，由於它座落的環境，但也要感謝能幹，而且又充滿愛心的工作人員。我可以說這是弗里德生命最後時期的一段舒緩的時光。原先承載著烏雲和暴風雨的天空，終於出現了柔和的光芒。凡此種種，他的健康狀態改善了嗎？唉，並沒有！老人家已喪失了面對病魔的力量。

我的病人不再是昔日驍勇善戰的騎士，卻成了重病纏身而又脆弱的老年人，需要無時無刻的關照與休息。他的腿開始顫抖，移動都變得很艱苦，假如他握住扶手勉強走上幾步，整個人很快就會垮在沙發上或他的輪椅中。弗里德那麼執著地企圖回家的漫漫長路，只是一個從前的回憶。

我們的聯繫不再受到擁抱和親切對話的滋養，弗里德大部份的時間呆坐在沙發，動也不動，他的姿勢還很挺直，眼睛時睜、時閉，看上去若有所思，彷彿包裹在一層迷霧的面紗之中。是什麼困擾著他？我是多麼想要去瞭解，幫助他去擺脫這個夢魘，我繼續跟他說話，說天氣、談政治、講財經等等。他有時出現很驚訝的反應，喃喃自語好像他要傾吐什麼事情，或者比劃著他的手，表達某種認同。一種滿意，我必須承認我一天心情的好壞，取決於我的病人他的精神狀態的高低，兩者一致地起伏波動。

我四歲大的兒子不懂這些蛻變；一位可親可敬的紳士，徹底改造成一具靜止的，緘默的人體，所有時間都釘在了他的椅子上。對他說話，我的兒子未得到回應，也不再有「日安」或「再見」的手勢，所以逐漸地，他變得害怕去看歐爸，而我，我同意讓他走出這場悲劇。

今天，當我閉上眼睛，那些和我的老朋友每天擦肩而過，永無止境地在走廊上環繞不已的所有的人，都詭異地深深刻在我的記憶之中。他們的五官，他們的輪廓，他們的表情，甚至他們的哀嚎！我不知道為什麼，我對這些從我眼前穿越的生命的過客，會有如此深切的同情，也許因為他們是弗里德的大家庭的一部份，或許更因為在他們跌入了生命的迷宮之前，都曾擁有過屬於他們各自的人生。

我是這麼記得的，一位年約六十歲的婦人，美好的髮型，美好的服裝，然而每天在角落裡啜泣，看護們都沒有辦法使她平靜下來。然後還有一位先生，他的臉頰臃腫而風趣，每一次經過他都會問我：「你有火嗎？我要點我的香煙。」我客氣地回答他許多次「沒有」，實際上在他的手上從來沒有一支待點的香煙。另有一位勤奮的先生令我印象深刻：身穿西裝，手臂夾著公文包，巡迴在走廊上，自言自語：「我遲到了，我必須趕快。」一位與我擦肩而過的女子，特別喚起我的側隱之心：她總是抱著一個廉價的洋娃娃，對她唱著催眠曲。她五十幾歲，留著灰白的長髮，完全不理會路過的人，只是跟著她的寶貝繞圈子。另有一對喜歡炫耀張揚的情侶已經互換誓約，要重新開始新的人生。依照看護的說法，他們在安養院相遇，以他們的現狀還有什麼機會容許他們共同邁向一個新的人生？

至於弗里德，他已放棄了積極活躍的人生，他對發生在他週遭一切的事都保持著距離，而且還長時間不動地坐在那裡，整個人陷入了無法再戰的困倦、疲乏之中。剛一來到新家以後，我的病人出現了一個新的症狀：貪得無厭的饑餓感，甚至到了每日調配的份量，都再也難以滿足他的地步。每當他一吃完了自己盤中的食物，一個反射動作，他立刻偷襲同桌鄰人們的餐食，並且直接塞進自己的嘴巴，就像一個飢不擇食的孩童。這舉動當時逗樂了看護，一場滑稽的畫面於是展開了：當弗里德一出現在餐廳，一些病人就會呼喊警告其他人；還有些人更有遠見，偷偷地把他們的餐盤藏到桌面下，然後看護們就得全速奔走，從餐桌下面拿回還能吃的食物，把它們放在安全之處。但這頭餓狼很狡猾，當他發現桌上什麼都沒有，他馬上去廚房，當然，看護們已事先防堵了這個地方，令人難以置信，弗里德沒多少時日，體重便增加了十公斤⋯⋯。

當時，我的病人還記得他的童年嗎？我常常問自己這個問題。弗里德出生於一九三六年，一個小男孩，在世界大戰的風雲中毫髮無傷，完好地倖存下來。儘管這一切，他跟兄妹們都沒有分開，彼此共同度過了一個和諧的童年。他童年的家被炸毀，父親被送去戰場，遠離家園。他的母親帶著五個小孩到巴伐利亞的一處農家避難，是的，他們經常挨餓，往往以煮沸的馬鈴薯皮裹腹。當母親從農家收到一點肥豬脂，為了省下這珍貴的禮物，她把它加進湯裡，弗里德曾經略帶幽默地重述給我聽，「你得有放大鏡才能看到一絲肉渣，有時我們什麼都看不到，只有一些浮游在表面上的油。」

當他們居留在巴伐利亞農家的期間，一家人就只有一個狹小的房間，但這對小孩一點都不是困擾；當大霜降臨的時候，全家成員（六人）擠在同一間房裡尋求庇護，窗戶都蒙上一層霧，受大自然餽贈的啓發，孩子們在上面畫出或寫下夢幻般的奇想。為了在農家住下來，他們就得做事才有飯吃，準備乾草過冬是每個人最樂意的工作，穀倉不就是理想的嬉戲場，他們在乾草堆裡跳躍翻滾，甚至兄弟之間打起了遊仗，把遍地的乾草拋得滿天都是，等等……。在一張舊照片上，我們可以看出小孩的自豪，他們穿著工人制服，手持農具（鐵耙、鐵鏟），臉上露出毫無保留的笑容。

餵養農場的動物也給他們帶來巨大的歡樂，只是在冬天來臨之際，他們絕望地尋找小白兔卻徒勞無功，難道牠們都已經進了農家的燉鍋裡了？儘管德國戰敗，國家卻迅速地復元，而他們一家人也允許回到遭受過盟軍猛烈轟炸的家鄉。他們憑著自己的雙手，重新建造起他們的房屋，全家人一起共築，有如奇蹟！當父母需要休息，弗里德和他的兄弟就會高興地不得了，一溜煙地離開房子的工地，以便玩起尋寶的遊戲，在城裡遍地斷垣殘壁的瓦礫堆中跳上跳下，攀爬匍匐，在廢墟中尋找無價之寶：一個個的硬幣、鋼筆、別針、相片、洋娃娃等等，他們都配備著小袋子，常常吹起勝利的號角，滿載而歸。戰後，弗里德愛去上學，因為幼童都享有喝到熱濃湯的資格，但最主要的還是在那之後的一片巧克力，多麼甜美的回憶！我的病人從未忘記美軍坦克的盛大遊行，它們在城裡巡邏，搜索著仍藏匿的德國士兵，美國大兵甚至讓孩童們上車扮演哨兵，作為獎賞，他們又再分發巧克力，我的病人也是其中的一名巡邏英雄。

然而，戰後家中發生了悲劇，那時大哥勞夫無法忍受國家悲慘的境遇，動身加入了越南的外籍軍團，沒多久之後，勞夫就在這場戰爭中喪失了性命。弗里德依然清楚地記得當郵差送回勞夫的遺物時，母親痛苦的臉龐，全家悼念著勞夫，他成為這個家的英雄。弗里德一讀再讀他哥哥和母親之間的信函，就這麼無意識地挑起了他對遙遠的國度底神往。

我們再回到安養院吧，在某個美好的日子，那天一支合唱團來訪，我的病人如院內的每月期刊所報導的，創造了一樁轟動的事件。德文的內容可以這麼翻譯：「很顯然地他熟睡在他的沙發上。聽到合唱團的歌曲，突然之間他認定了自己是他們其中的一員；不知從何而來的衝動，他笨拙地起身，直接就站到了合唱隊的旁邊。他傾其所有的力量高歌（即使他已經幾乎沒有了聲音！）充滿自豪，為他自己塑造了一席之地！在場所有的人都被這不尋常的一刻深深地打動。」

我的老朋友常常對我說起他年輕時的一段插曲，他曾經和學校的合唱團參與了一次在歌劇院的演出，在他家鄉的城市？華格納或莫札特？他再也記不得了。但他依然鮮明地記得，當時他感到多麼地驕傲，穿著閃閃發光的戲服站在巨星的旁邊。成年以後，他享受許多年在合唱團的歌唱，他也每日與一位退休的鋼琴家，在一位女高音的陪練下，來保持他男低音的嗓子。他的付出結成了果實，他隨後被他城市知名的合唱團正式錄用，這是一名業餘音樂家的小故事。

看到這良好的導向，我毫不猶豫地給他帶去一台立體聲收錄音機，以及 CD 片，歌劇曲調的，藝術歌曲類的，甚至還有德國童謠，他很快就接納了這個新的器材。在我來探視的時候，我的老朋友用他的手指表明我該按下的神奇按鍵，好讓美妙的旋律飄揚在房間裡。令人好奇地是他童年的歌曲維繫了他的注意力，他時不時地就會跟著哼了下去，多虧我兒子，我對其中一些已能瞭然於心，所以我們可說造就了一支絕佳的歌唱團隊。當他閉著眼睛聆聽著音樂，他的面容散發出安詳與寧靜的神情，在那短短的一瞬間，我可以相信他又再一次成為了他自己。

很不幸地，院裡的住客永遠躍躍欲試地在偷襲，搜羅著遺失或尋獲的物品，僅僅幾個星期以後，卡帶或 CD 片就流落到屋子的各個不同的房間，甚至連音箱也被挪動了好幾次！看護們經常幫我們追回這些東西，然而這是場永無休止的循環，我們最終還是放棄了。

終點

這是不平靜的一年。弗里德背棄了獵食派對，他對食物的需求也顯著地降低，看護們甚至開玩笑地表示遺憾，「餐廳少了庫倫先生的身影，實在變得有點無聊！」他失掉的體重越來越多，而且摔倒的次數也越來越頻繁，不是從床鋪就是從沙發，我們確切地認知到他已不再是他自己身體的主人。我們心懷恐懼，作了最壞的打算，來自他住所的電話數以倍增，「先生摔跤了，已經把他載到醫院，你必須去那裡。」

「先生回來了，雖然他的臉腫了起來，別耽心，沒事的。」，「他又回到醫院，他的傷……」這些電話簡直如同在我身上一下潑冷水，一下又澆上熱水。我經常看到他「偽裝」的面目：繃帶在他的前額或他的肩膀，又或者浮腫的臉，但儘管這一切肉體的折磨，他自身連最輕微的呻吟，我也從未聽到，完全沒有，他的消極，這樣的沉默，反而幾乎教我生氣。難道有可能疼痛對他並無影響？我的病人四肢癱在他的沙發，他使盡各種手段就是堅決不讓看護把他放到床上，這也許是他最後殉難的象徵。莫非病牀喚起了他對永世的安息的聯想。

在最後的時光裡，我的一如既往的探望留給我的只有心灰意冷，我的病人呆滯的，無動于衷的臉有時不由得令我毛骨悚然。那凝視，空洞的，默默承受著痛苦的，或惱怒的，他似乎是在針對什麼事而為之氣結，我揣測他的精神已一團混沌，分不清是夢幻還是現實。當我對他說「日安」「好嗎？」運氣好的話，他的眼睛會短暫地睜開一下，他的嘴唇會發出含糊不清的聲音，即便這樣，稍縱即逝的交流對我也是永遠珍貴的表示。然後他又會深深地墜入自己的世界之中。我曾這麼想過，他已轉化成一尊石雕，如此冰冷，難以親近。然而，又是如此的矛盾牴觸，我們之間至高無上，昇華了的沉默安撫了我們；經歷了人生的跌跌蕩蕩，我們掙扎地倖存下來，任憑命運的擺佈，隨波逐流，最終我們能夠與命運達成和解。是的，和解是正確的字；我們一起朝著那無可挽回的結局，共同地走下去。

這是初春時節，我的病人又再一次摔落地上，這次他跌斷了他的肩膀；和他往常的沉默截然不同，他痛得大喊大叫，這是致命的一跤，由於頸背的一根血管及一支動脈都受到影響，他不得不任由別人多次地反覆翻身，才能接受治療和檢驗。一個幸福的巧合，那天，住所的人手不足，賜與了我們共同乘上救護車離開的機會。

這是美麗晴朗的一天，大自然毫無保留地展現它們的色彩，如同二〇一四年十月的那個我別無選擇，必須把他從家裡帶走的日子，我為這些承受著劇烈的情緒波動的片刻，感到慶幸，面對面單獨與弗里德心靈交映，即使在救護車裡，即使旅程的前景將是醫院。

這段路途持續了三十分鐘，厚實的護帶團團圍繞著弗里德，將他安全地固定在輪椅上；救護車開得很快，一路上有許多轉彎的地方，只要一轉彎，車子就傾斜搖晃起來。為了打破這樣冰冷的氣氛，我講起了獨白，就像以往一樣，而在不經意間，一個想法在我心中出現，為他吟唱德國的兒歌。儘管我的表面看似平靜，我卻試著從我的老朋友那一天的靈魂底狀態，確認它所蘊含的意義。車子巔簸震動得很厲害，到了連弗里德都不得不使出各種方式來保持直立的地步。他被驚擾得在車裡四處摸索著能夠抓住的東西，我的病人不再是那個重病纏身，時時刻刻都睡臥在沙發的人，他已精疲力竭，他的病更讓他積弱不振。然而，他的自豪感卻給予他昂然挺立的支撐力量，我甚至看到了他往日的尊嚴與決心的迴光返照。

救護車在醫院門口把我們放下，我充滿了遺憾，我們的旅程就這樣結束了！當我們在掛號處等候著辦理住院手續的時候，出奇不意地，他突然艱苦地尋索著我的手，我全心全意的抓過他的手，含笑著。弗里德要說的是「謝謝」或是「永別了」，我不知道，但他意識到我的存在，這最後身體的接觸，深深地感動了我。人生的際遇註定了是我，牽引我的病人，陪伴他到最終的安息之地。

這次我的病人住院了七天，直到他嚥下了最後的一口氣為止！

這是美麗、晴朗的一天，大自然毫無保留地展現它們的色彩。

後記

為了試圖將自己從悲傷中解放出來，我寫下了一頁又一頁的文稿。當時我面臨著殘酷而又矛盾的難題，一面要照顧整天都還離不開我的幼兒，同時，尚要兼顧一位年事已高的摯友，把他從阿茲海默症的摧殘中拯救出來。值得慶幸的是，我想方設法總算在靠近我家這邊，幫他保住了一處可以安頓的地方，就是萊茵河的彼岸。

漫長的四年，我們冒著風雨，共同克服厄運的打擊⋯⋯，一位老人與他的疾病孤獨的戰鬥，始料未及地三次更換養老院，等等⋯⋯。在這場淬煉之中，讓我認清了某些人性的黑暗面：自私與無知；但我也發現了自己內在隱藏的力量，使我得以關照他直到最後。

我還很小的兒子，以他自己的方式陪伴我，讓我領悟到人生重大的一課，即自然法則中生命與死亡之間的平衡。

給讀者的提示

我想要呈現，在痛苦和迷惘的時刻，人類共通的心聲——音樂，童年的記憶，和繾綣的情感——是如何應允了我們，超越疾病本身的宿命。

因而，我深深地相信，即使在一個人消失了以後，不論是誰，都將留下永恆的烙印。

附錄

「三毛的心」——林斐文小姐訪問鄧念慈神父

林——鄧神父，據我所知，您過去和三毛有過一段非常深厚的友誼，在您剛聽到她悲劇性的死亡之後，第一個反應是什麼呢？

鄧——三毛是一位難得的東方的女性，年僅四十八歲就離開了世界。她曾是：

一、卓越的作家。善用淡雅、澄澈的文筆，我們可由她的二十三本暢銷書及許許多多的文章、報導中發現。

天主教耶穌會哥倫比亞籍神父鄧念慈，一生奉獻在中國及台灣，目前仍然在台北市耕莘文教院服務。按

二、永不疲憊的旅行家。曾遍遊四十九個國家之多，由那些體驗提升內心的成長及擴展視野。

三、具有特殊吸引力的演講者。在她無以數計的公開聚會中，吸引了成千上萬的年輕朋友們。

四、單純的女性。

有一次她對我說她並不美，但我們探討一下何謂真正的美？

我參觀了南部一位朋友的蘭園，而出乎意料的，我發現那些花，原產於我的祖國—哥倫比亞。有著凸狀的花瓣散發著鮮豔、熱情的色彩，他告訴我：「對於你們外國人它是蘭花中相當美麗的一種，但對於我們而言，並不盡然。」說著，他給我看一株嬌小、開著白花，有著細嫩的刺葉，「這種蘭花對我們才是真正的美，比你們的 Catlega 讓人讚嘆不已。」

而這也就反應出東、西方對女性美的定義有所不同。一位具有美的女性並不僅止於美麗的眼睛、柔和的嘴唇，真正美麗的女性所包含的遠比這些還多，有著外在及豐富的內涵。此地一位男士所尋找的美麗女性，是要能夠共同維繫婚姻生活，而且知道如何過日子！

實際上，要找尋一位太太的重點在於個性，而後感情在時光流轉之中成長。一位只注重女性外在的男士，將隨著歲月的推移而愈加失望，因為沒有任何人能青春永駐，常保有青春、亮麗的外表。

而如今，三毛在那兒？我自問自答：永恆即是此生這些擾攘的人們最後真正底家，我們也可以如此說，我們活在現世的人和已經亡故的諸親友是一樣的。或許他們正在某處遙遠的地方，凝視著我們。

為什麼華人總是燒香祭祖？就是因為他們認為即使他們的親人走了，但靈魂仍然和我們在一起，看不見，可是依舊存在。

林——你認為上帝會很嚴厲的裁決三毛的行為嗎？

鄧——對於你的問題，我想說，三毛即使在她公共場合和私生活中有她的缺點，她仍然是一位非常難能可貴的女性。由於她的書、文章為海峽兩岸年輕一代帶來太多佳音。特別是她令人懷念的風趣的演講。上帝的心是廣大、公平而又慷慨的，如果我們在播音員漂亮的洋裝上發現一個污點，立刻我們就發表高論：「洋裝是髒的！」相反的，上帝在看到洋裝上的黑點只會說：「多美的洋裝，可惜有一個污點，但是沒關係，很容易把它清除。」我相信三毛現在和上帝在一起，誠如我剛剛所作的解釋。我自由的如此想，並未觸怒到任何人的想法和意見。

林—您個人認識三毛，不是嗎？

鄧—非常熟，我們曾是非常親愛的好朋友，而我們的友情是在一種非常特殊的情況下產生的。我得說明一下：三毛是個永不疲倦的旅行者，走過不下於四十九個國家，她的小說通常是在這些旅途中所收集的軼文瑣事。三毛說著流利的西文，使她能毫無顧忌的在拉丁美洲旅行—卡斯提亞語系。在她的一次旅行中，三毛在哥倫比亞待了三、四天，遭遇到一些倒霉事，因為如此，她寧可與小村落的居民打交道，待在較便宜的旅舍中。三毛本能的討厭社會上的虛假謊言，而喜歡小村落中直接、單純的溝通方式，我們常可以在她的書中和照片得到印證。很遺憾的，由於她在哥倫比亞遇到一些不如意之事，故而在中文報上寫了篇短文，而且用特別大的標題：「哥倫比亞，強盜之窩（colombia ,Tierra—de banbandidos）」當我在台北讀到這篇文章時，因為我是哥倫比亞人，我覺得深深受到傷害；立刻回給她一封信，轉寄到巴西，她當時在那兒。她父親同時也寄給她一封告誡她不夠謹慎的信，在那封信中，我用了非常尖銳的句子，之後也深自後悔，我這樣寫道：「我在中國住了四十五年，也二度遊遍整個拉丁美洲，我對不同層次的大眾演講不下於一百五十次。在波哥大一整年的時間，每週我在電台有一小時的專題演講，介紹中華文化的節目。也寫過非常多的報導，然而我不曾說或寫不利於中國之事。如果我想批評，當然有太多事可以說。世界上每個國家都有它好與壞的一面，但我從未如此作。」我特別告訴三毛（在信末）：「你在哥倫比亞待了三天，只不過在垃圾堆裏找垃圾罷了。」

當我的信傳到她的手中時，她不僅不生氣，反倒是驚慌失措而無法入睡。因此，這位討人喜愛的高貴的女士，在不認識我的情況下，有一顆高貴靈魂的最誠懇底表現。三毛回了封信給我（附文略）百分之百謙虛的認錯，她唯一有所保留的那句中傷人的標題，是引自一位令人瞧不起的美國女作家的筆下。

林─我曾在她的書中讀到這件事，且附有一封她給您的信。

鄧─沒錯，就是如此，由於當時三毛那篇文章已經付印了，無法取消，故她另外補了一封信─我附上的。

我們這份可貴的友情即是在這如此不尋常的方式下產生的，依照華人的說法，大概是：最大的敵人可以產生最深的友誼─化敵為友。我曾告訴她沒有必要公佈這封信，但她說是絕對必要的。

林─一般人對三毛這篇文章，有什麼反應嗎？

鄧—當然！尤其是出乎意料的，在哥倫比亞深受當地居民喜愛的台灣移民，有人寫信到台北市政府要求嚴禁三毛的作品。他們也寄一份影本給我，很慶幸的，我即時阻止了這樁事情。

林—您和她的友誼是如何發展下去的？

鄧—就如同每一份真正的友誼一樣，由於和對方有更深一層的認識而彼此的感情也就愈形穩固，我和她書信往來長達十一年之久。

林—為什麼您想藉此「三毛的心」來表達您和她之間的友誼呢？

鄧—因為只有真正單純、誠懇的友誼能夠認清朋友的心。三毛的心並不是單在她書本中、演講會中就可以認識的，而是經由更親密、更自然的管道。

在她十一年中間給我的信，我都如寶藏般的收藏著。她對我總是十分誠懇，且以一顆子女、兄弟、朋友的心對待我，她的信中，總是稱呼我：我的愛、神父、兄弟、寶貝，你的小妹妹（Mi amor , mi Padre, mi herman , mi carino , mi tesors Pao , tuhermanita），她說她非常愛我，非常想我，常由西班牙、美國給我來信，總是在信尾給我許多的吻和擁抱。

林—您說三毛對年輕人有極大的號召力，可有實例？

鄧—榮幸之至，一天她的著名的演講—她一直是一位卓越的演說家—在淡江大學禮堂舉行，我在那兒執教十多年了，禮堂已擠滿超過一萬多名的學生，甚至地板、座位間的空隙，包括講台前。那天，演講晚了二十分鐘開始，三毛一上台就連聲抱歉說：「實在進不來！」聽外尚有二千多名學生。我正好坐在禮堂中央，她說：「我看到鄧念慈神父了！」那時所有人都轉向我，有我現在教的學生和過去幾年教過的。我坐在她父親旁邊，是三毛預先幫我訂好的。

林—大約講了多久？

鄧—好幾個小時，在這次演說中，主辦人曾四次催她結束演講，因為她已經講了二個小時了。

林—三毛所信奉的宗教是什麼呢？

鄧—我無法給你一個正確的答案，我知道她是基督徒，她曾在西班牙受洗，但我不知道她是新教徒的那一派，據我所知，她常參加天主教的彌撒，甚至於聚會。不管怎麼說，她是公開承認基督教，在許多的演講中，我親耳聽她談到主及她確認天主教的教義能為生命的困難提供真正的解決之道。她有一封信，寫道：「神父，上帝是非常愛我……，如果上帝允許我去作……。」

林—對了，新教徒和天主教徒有什麼差異呢？

鄧—嗯，好，所有依照耶穌基督制定成規受洗的都稱為基督徒。全世界大約有八億的天主教徒，以及許多在其它教派中的教徒。（僅在美國就有三百六十種教派）。在台灣有七十幾種不同的新教派系。天主教和新教最大的差別在於天主教承認流傳了二千多年的聖經，而新教徒僅承認一部份，即使在聖經中都是主的話。此外的一大差異，在於我們天主教遵守教宗的領導，我們公認他是自耶穌創立教堂之後唯一的領袖，對耶穌福音的教理相當的瞭解。二千年來，已不曾間斷地換了二百六十五位教宗。

林——我並非基督徒，據我所知天主教拒絕唯靈論及其他異端派。然而，三毛曾對唯靈論情有獨鍾，不是嗎？

鄧——雖然我不敢說她情有獨鍾，但這是真的，三毛的心一直都不平靜。唯靈論是一種虛假的教義，假借可和已離開此世界的靈魂有所結合，三毛很感興趣，也許借此可以和失去的丈夫底靈魂相會。每天有近十五萬個人死亡，每個離開此人間的靈魂，不管是不是基督徒，都必須經過主的手。為了希望已過世親人的靈魂獲得淨化、寬恕及永久的安息，我們活人必須祈求上主，依靠上主的力量，而不是和已逝者的靈魂溝通。

林—三毛似乎也對佛教有興趣，佛教界曾認為她有入教的可能？

鄧—把佛教當作一種教義看是非常美好的事，但也僅是人類的教義，和主沒有任何的關係。佛教是釋迦牟尼在印度所創，而並未論及上主。印度有近六百萬的居民，但佛教徒只有半數，中國人自很早就相信且尊敬上帝，他們叫皇帝—天子，光是天的含義就有：天知道、天老爺……。所以根本上，中國的佛教和原來的佛教是不同的。所以我們一般說中國人是佛教徒，但是民眾並沒有能力具體回答何謂佛教，當然，那些學者及非常虔誠的佛教徒除外。我想三毛並不是真正想成為一個佛教徒，她在一九八五年的來信中，寫道：「神父，我的上帝非常愛我……。」「如果上帝允許……。」

林——是否讀過許多在三毛死後有關她的報導？

鄧——是的，而且我都收集起來。我可以舉數起例子：

——Echo Chen是精神問題的困獸，曾和榮總精神科醫生及一些傳教士接觸過，而他們對這類問題都有受過特別的訓練。

——她精神上的問題是隨著時間而愈來愈嚴重！

——在她後期作品，堅持所謂「來世」一說。

——曾表達她想離開這個世界，因為她已無所謂！

——她的生命是成功與悲劇的結合。

——是個戲劇性的人！也就是她的生命如一齣戲劇；幸福時，自我陶醉，悲傷時，即刻崩潰了。

由於既往的生命歷程在內心留下了創傷，深深愛戀著她的丈夫荷西，最後竟然悲劇性的失去他——荷西溺死於撒哈拉的海水中，也就是由那一刻開始，她往後生活中儘是充滿哀愁和幽暗的歲月。從此她不再刻意在純樸、誠懇的人身上，尋找一份慰藉。她過去非常喜愛拉丁美洲人與人的交往方式，她認為比那些流著撒克遜冷血的美國人要來得更有人性，她自己也如此說過。

林—你認為三毛可說是西方與東方之間的一個橋樑嗎？

鄧—我想是的，在她年輕時代曾在國外渡過一段非常寫意的日子，而且經常有許多好朋友為伴。

她在台北的一位神父曾經感慨的告訴我，當三毛的精神狀態不太好，且有自殺傾向時，曾設法與這位神父聯絡，但由於他十分忙碌，所以作罷！如果早知道她的情況是如此，他必然會全力的幫助她。

林——據說三毛的大陸行，情況也十分糟糕，以至加深了她的惡劣情緒！

鄧——沒錯！在那兒，三毛大量失血，同時也失去鎮定。回台後，悲痛更增加，她曾寫了一齣劇本，而且拍成很有名的電影，金馬獎提名十六項，而此片奪得八座獎，但反倒對三毛沒有很公平的獎賞。三毛的那齣主要的英雄是個叛國賊。一封她由美國寄給我的信中告訴我，她有癌症，但切除手術圓滿成功！我有一段時間沒有收到她的信了。而且她的一些朋友也沒有她的音訊。最後她寫了兩篇文章，其中一篇內容提及到我，我相當滿意。（附文略）

林——在對三毛有如此不同的看法，到底什麼才是她真正最後的評價？

鄧─當然，我能說的也只是我個人的想法。實際上，在我心目中，三毛一直有著一顆最單純、最美好、充滿溫暖與愛的心。

要對其它人下斷語是非常困難，而且危險，但無可置疑的，寧可誇大其優點，也不該遺漏所應得到的讚美！所以天主在福音中對這件事給我們特別的提示：「不要隨便評斷別人」，在福音中可看到許多的實例。

在無數三毛的照片中，我獨愛這一張，當三毛遠行之後，反覆看了許多次，另外題了短文：「我親愛的妹妹，你的雙眼看得好遠……，那麼遠！似乎看到悲傷的內心深處，你半開的嘴有著想哭的欲望，你修長的手掩蓋著雙頰以掩飾悲痛。尤其是你的雙唇，似乎想要傳遞一份嗚咽，只有上帝知道你生命中的悲痛，而且祂才是真正唯一的審判者。」

三毛最後的文章，

這是三毛為「講義」所寫的小故事，也是她最後的作品

天下母親皆可進天堂

一日，有一位教友向鄧神父哀哭，因為這位教友的母親是位佛教徒，剛剛過世不久，他擔心母親進不了天堂。

鄧神父向這個哀慟的青年人說：「不要悲傷，你當知道，凡是天下的母親，都被接納在天堂。」

按 鄧念慈神父已於十多年前蒙天主召喚，安眠於他親愛的祖國故土—哥倫比亞的麥德林市。

國家圖書館出版品預行編目(CIP)資料

暮送萊茵河/林斐文著；林中岳譯.— 初版.— 臺北市：
大林圖書印刷有限公司， 2023. 01
面；　公分
譯自：Mon patient d’outre Rhin
ISBN　978-986-97082-1-0（平裝）

863.55　　111019459

暮送萊茵河

MON PATIENT D'OUTRE RHIN

原 著 者／林 斐 文
中文譯者／林 中 岳
封面設計／王 凱 蘿
封面攝影／林 彩 珠
編　　輯／林 彩 珠
出版印刷／大林圖書印刷有限公司
E-mail: dalin.office155@gmail.com
電　　話／ 02-23026596（代表號）
地　　址／台北市西園路二段 155 號 11 樓

代理經銷／白象文化事業有限公司
地　　址／台中市東區和平街 228 巷 44 號
電　　話／ 04-22208589

出版日期／ 2023 年 1 月　初版
定　　價／新台幣 260 元

ISBN 978-986-970821-0

9789869708210

定價 NT$260